再び季節が巡るまで

妻を喪った僕の3年

木下滋雄［著］

JN061388

いのちのことば社

喜んでいる者たちとともに喜び、泣いている者たちとともに泣きなさい。（ローマ人への手紙一二章一五節）

はじめに

親しい人との死別、中でも伴侶に先立たれるという出来事は、誰にとっても大きな打撃です。けれどもこれは、自分が相手より先に、あるいは同時に死ぬのでないかぎり、既婚者の誰にでも、いつかは訪れる試練なのです。僕は二十七歳の時に結婚した妻を、四十八歳の時に天に送りました。二十代の頃から休暇を取っては世界中を自転車で回り、写真を撮ってきた僕のアクティブな人生は、妻の病と死を機に一変しました。

信仰もその苦痛を避ける手だてにはなりませんでしたが、その信仰を通して僕は「きちんと悲しむ」道を見出していき、きちんと悲しみ続けるうちに、薄紙をはぐように少しずつ、少しずつ癒やされていきました。

この小さな本は、伴侶の死によって色を失った僕の世界が再び色を取り戻していくまでの時間を、当時撮影した写真とともに振り返って一冊にまとめたものです。

木下滋雄

1

結婚式から二十年と九か月目の二〇一二年六月二十八日、僕たちは長女の十九歳の誕生日を、妻の病室で祝っていました。それから一時間ほどたった頃、主（神）は愛する妻を、ご自分のもとへ連れて行きました。意識がなくなってから一週間たっていました。それでも妻は長女の誕生日をなんとか一緒に祝いたいと頑張っていたのだと思います。

結婚した以上、事故か何かで同時に死ぬのでない限り、誰もがいつかは伴侶の死にぶつかります。ドラマや映画ではそうした伴侶を亡くす話は見ていますし、母をはじめ友人や知り合いにもそういう人は何人もいます。しかしそれが本当はどういうことなのか、自分の身に起こって初めて分かりました。

葬儀から一週間ほどたった時に書いたノートには、「しかし、その妻を与えてくださったのも主だから、深い嘆きの中で主を賛美する」と記されています。それは僕の本心でしたが、しばらくは、ただ死んではいないから生きているというだけ、だからこのまま死んでもまったくかまわないと感じていました。

葬儀の後で、十年以上も前に伴侶を失った方が、「自分は悲しみが癒えずうつ病になってしまった。それは、はじめの頃に悲しみを吐き出すことができなかったためだ。だから、あなたには悲しみを吐き出せる場を見つけてほしい」という内容のことを言ってくれました。

よく、悲しみも時間が癒やしてくれると言われますが、その方を見ればそれは違うと分かります。悲しみを癒やすグリーフワークという作業が必要なのです。

その方にアドバイスをいただき、クリスチャンである僕は、キリスト教の信仰をベースにしたグリーフケアはないかと探しました。見つけたのがホノルルの日本人教会の、ご主

独立学園の夕空

人を亡くした三人の女性が始めたHUG Hawaiiというグループでした（二〇二一年現在、HUG HawaiiはCOPE Hawaiiとして活動）。

妻を亡くして二か月は時間が止まっているように感じました。一年たつのがとても長く感じました。六年たってこの原稿を書いていた頃には、時は以前のように早く過ぎていくと感じるようになっていました。

グリーフワークとして悲しみをたくさん吐き出したこと、そして再婚したことが大きな助けとなったのだと思います。

2

結婚した頃、妻・直子は、「あなたにはもっとふさわしい人がいるでしょうに、なぜ私と結婚したの」と時々言っていました。でも僕は、こんなに僕に合っている人はいないな、神様はよくぞこんな人と結婚させてくれたものだと思っていました。のんびりしているため「仕事先にはいつも迷惑をかけている」と言っていましたが、そのボケたところが僕を笑わせてくれて、一緒にいるとホッとしたものです。

直子の体に異変が現れたのは二〇一〇年のはじめでした。咳が止まらなくなり、風邪にしてはずいぶん長いので医者にかかりました。喘息や結核などの検査をしましたが、いずれも違い、レントゲンを見ても何も見つからなかったそうです。それでも気になった直子は「精密検査をしてほしい」と食い下がり、うるさい患者だと思われたようですが、結果的にはそれでようやく、がんが見つかったのです。

山形県西置賜郡小国町玉川の春

Ｘ線検査の時には、ちょうど胸の膨らんだ陰に病巣があってわかりにくく、一つ一つのがんもとても小さくてレントゲンでは見えにくかったようですが、実は肺全体に広がっていて、すでに末期と言っていい状態でした。

実は、妻がこのことを告知された時、僕は気胸を発症して自宅療養をしていました。妻はそんな僕を心配させまいとして、しばらくその事実を一人で抱えていました。

僕は建築士の仕事の傍ら、長期の休みを取っては写真を撮りながら自転車で世界を回るということを長年続けていたのですが、その時も気胸が治り、休みに自転車で出かけたいという話をしたところ、いつもは送り出してくれる妻に「行かないでほしい」と言われ、病気のことを初めて告げられました。

寝耳に水のような告知に僕は状況が把握できず、いろいろと調べるうちにだんだんと深刻さが分かってきましたが、直子は最初から最期までずっと落ち着いていました。唯一口にした弱音らしきことばは、「あと五年くらいは生きたいのだけれど」ということでした。

それは、いちばん下の子が高校生になる頃、という意味での「五年」だったと思います。長女は、妻自身も卒業した山形にある全寮制の基督教独立学園という高校に入学していて、当時、寮で暮らしていました（後に次女もその高校に入学し、妻が亡くなった時は、次女がその寮で暮らしていました）。

その高校ではコーラスが盛んなのですが、妻は、もしかするといちばん下の息子もそこに入るかもしれないと考えていて、息子のコーラスも聴けたらいいなと話していたことがありました。

冷静な妻と裏腹に、僕はなかなか事実を受け入れることができませんでした。こんなことがあるはずはない。それなりかもしれないけれど神様を信じて従ってきたのに、こんな仕打ちを受けるはずはないと感じました。

しかし、やがて妻が入院し、医者から病状を詳しく説明された時、「五年生きる確率はゼロだ」と言われ愕然《がくぜん》とし、涙が止まらなくなりました。妻が車で家に帰る僕を気遣って、落ち着いて、気をつけて運転するようにと慰めてくれたのを覚えています。

3

「医者の告知を聞いて泣く僕を、直子が気遣って慰めてくれた」と書くと、直子がすごく強い人のように聞こえるかもしれません。でも実は直子は弱々しく悲観的で、いつも自信のないような人でした。彼女が病気になったあとで、この人は本当はこんなにも強く信仰がしっかりしている人だったのか、と僕は驚きました。

どんな文脈だったか忘れましたが、いつか僕が「直子は病気だから」と言うと、直子は聖書の「あなたがたには、明日のことは分かりません。あなたがたのいのちとは、どのようなものでしょうか。あなたがたは、しばらくの間現れて、それで消えてしまう霧です。あなたがたはむしろ、『主のみこころであれば、私たちは生きて、このこと、あるいは、あのことをしよう』と言うべきです」（ヤコブの手紙四章一四、一五節）ということばを挙げ、病気であろうとなかろうと、明日命がある保証がないのは誰でも同じだ、と言いました。

直子の病気という事実を受け入れざるを得なくなった僕は、必ず治る、と信じることにしました。医者の言う「五年生存率ゼロ」は「現実」かもしれないけれど、主に不可能はないのだから、必ず生かしてくださいと祈ることにしたのです。直子を失うということは考えられませんでした。

闘病生活は抗がん剤の投与から始まりました。子どもたちには単に「病気になった」とだけ伝え、一か月ほど入院しての治療でしたが、順調に回復していきました。髪の毛がすべて抜け落ちたほかには目立った副作用もありませんでした。

夏の朝　独立学園前の田

がんはみるみるうちに小さくなり、六クールの予定が四クールで済み、いったん仕事にも戻れました。祈りが通じたと思いました。その頃、子どもたちに「病気」ががんであることを話しました。どう告知したらいいか悩んでいたのですが、親ががんになったことを子どもに伝えるための絵本を使って伝えたのです。でも、末期であることは言いませんでした。

子どもたちはわりとすんなり理解してくれたようでした。ちょうどがんが消えていた頃だったので、安心感があったのだと思います。僕も安心していました。

この頃、直子が病気になった意味は何なのだろうといつも考えていました。仕事ばかりではなく、家族の時間を大切にしなさいという神様からの促しもあるだろうとも思ったので、それ以来、早く帰って必ず皆で一緒に食事をするようにしました。でも、もちろん、そういうことを教えるためだけに、神様が直子をがんにしたのだとは思っていません。

本当のところ、その意味は今でもわからないままです。ただ、神様には僕にはわからない深いお考えがあるのだと、それだけはずっと信じていたいと思っています。

4

いったんは治癒したかに見えた直子のがんでしたが、抗がん剤は両刃《もろは》の剣でした。わずかに残ったがんが抗がん剤に対する耐性を得て強力になり、再び増殖し始めたのです。再発は、二〇一〇年の十二月でした。

再発の告知は直子が一人で聞いて、僕は直子から聞きました。直子は落ち着いていましたが、僕は、治ったと思ったのになぜ、という思いと不安で、目の前が真っ暗になりました。ひとしきり泣いて、それでも、治ると信じて祈り続けることにしました。

僕はできるだけ多くの人に祈ってほしいと思いましたが、直子は本当に信じて祈ってくれる人にだけ伝えてほしいと言いました。聖書には、ギデオンという勇士が敵の大軍と戦う時にわずか三百人の兵でこれを打ち破る話があります。常に戦う身構えのある者が少数いれば神がその力を何百倍にもしてくださるという話で、ここにも直子の信仰を感じました。

がんの進行は初めはゆっくりで、抗がん剤が効かなくなっても別の抗がん剤に変えればまたしばらくは効果があるという繰り返しが、一年少し続きました。しかし、二〇一二年二月に脳への転移が分かり、いったん肺の治療を中断して脳の治療をしたところ、脳のほうは消えましたが、肺のほうは進行し、三月末、治療方法はもうないと宣言されました。

その時、直子は「これからが神様の出番だね」と言いました。なんという信仰だろうと思いました。

約一か月後に、直子の出身校である山形の独立学園で同窓会があったので、最後の旅行になるかもしれないと思って行きました。

同期の男性に担がれて学園の裏山に登り、当時埋めたというタイムカプセルを見つけようと掘ったのですが、見つかりませんでした。その年の二月に直子も長女も習った音楽の先生が亡くなっていたので、同窓会と同じタイミングでお別れの式もあり、それにも出ることができました。

この式の中で、その先生が亡くなる直前に作詞された「光の中に」という歌が合唱されました。「光は闇の中に輝いている。闇はこれに打ち勝たなかった」（ヨハネの福音書一章五節）という聖書のことばから生まれた歌詞であり、もうすぐ自分もその光であるキリストのみもとに行くのだという思いの表れでもあります。

　直子は、自分ももうすぐその同じところに行くのだと思いながらその合唱を聴いていたのだと思います。だからこの歌は、僕にとっては涙なしに聴くことも歌うこともできない歌になりましたが、主のみもとに行く希望があるのだという思いがいつもよみがえってきて、とても好きな歌です。

　この最後の旅行はとてもいい時になりました。

　六月中旬、直子は緩和ケア病棟に入りました。苦しみを緩和するには、もう少し薬を増

独立学園の池に咲く、2000 年前の種から発芽した大賀蓮

やす必要があるが、そうするともう話すことができなくなるかもしれないと言われたので、その前に家族はもちろん、親しい友人や牧師にも来ていただいて、最後に話をする時間をもちました。

後に葬儀の時、「このようなことになっても僕はあなたの家族がうらやましい」と言ってくれた友がいました。私たち夫婦は結婚する時に、二人とも好きだった『大草原の小さな家』のローラの家のようなクリスチャンホームを築きたいと思いました。このようなことばがかけられたのは、それがかなっていたことの証しだとうれしく思いました。

5

意識がなくなってからも、耳は最後まで聞こえているそうなので、病室にはずっと独立学園のコーラスや直子が好きだったメサイヤを流していました。それでも最後まで僕は奇跡を信じていたのですが、長女の誕生日である六月二十八日、病室でそのお祝いをした一時間後に、直子はついに天に帰ったのです。

葬儀には、延べ三百人以上の方が来てくださり、普段、自分には人徳がないと嘆いていた直子が、実はこれほど慕われていたのかと、うれしく思えました。中でも、独立学園からは在校生、卒業生、直子の同期生がたくさん駆けつけてくださり、式の最後に、直子が好きだったメサイヤのハレルヤコーラスを合唱してくれました。出席者に「葬儀で力づけられたのは初めてだ」と言っていただけたのも、うれしいことでした。

しかし、葬儀が終わると、僕はまだ直子の死を受け入れられずにいる自分に直面することになりました。いろいろな事務手続きをするときに、いちいち死亡診断書をコピーしたり、妻が亡くなったことを説明しなければならないのが苦痛でならず、そのたびに胸をぐさりと突き刺される思いでした。

後ろ姿が似ている人を見かけると、もしやと思って顔を確認してしまいます。直子の死を頭ではわかっていても、心がついていかないのでした。一方で、年を召した仲のよい夫婦の姿を見かけると、僕らもとても仲がよかったけど、あんなふうになることはもうないのだな、と思ったりもしました。

この頃は、正直に言うと、別にこのまま死んでしまっても全然かまわないという気持ちでいたため、自分の健康にもまったく注意を払わない生活をしていました。ずいぶんたってから歯医者に行ったら、虫歯が七本もあったことにも、この当時の生活態度が表れていたと思います。

直子の死から二か月になろうとしていた頃には、文字どおり胸に穴が開いてしまいました。気胸の再発です。直子が亡くなった病院に入院しなければならなくなりました。いやでも当時のことを思い出してしまい、つらい日々でした。

独立学園の上流にあるカジカ滝

6

直子を亡くした直後の僕の心はとてももろくなっていて、普段なら何も感じないようなことに簡単に傷つくようになっていました。例えば、会話の中で冗談めかして「死ぬかと思った」とか「死にそうだった」ということばが使われるのを聞くと、「そんなことで死んだりしない。『死ぬ』ということばを簡単に口にしてほしくない」と思っていました。

また、三人の子どもと共に残された僕を励まそうとしてくれる人たちの「頑張って」ということばも、当時はつらいものでしかありませんでした。僕は、このまま死んでもかまわないという気持ちになっていた半面、子どもたちのために頑張らなければと、誰に言われなくても思っていたのです。でも、どうしても元気にはなれない。

そんな時に「頑張れ」と言われるのは、立ち上がれないほど低い透明な天井の部屋にいる僕に対して、天井が見えていない人から「立ち上がれ」と言われているようなものだ、と感じました。

直子が亡くなって一か月ほど後に、独立学園の「夏の学校」という行事に参加した時、僕は分科会の中で「妻は妻であると同時に、最高の友でもあった」と話しました。すると、それを聞いたある先生が、「主人が前妻を亡くした時に言ったのと同じことばだ」と話してくださいました。

僕は、そのご夫妻が再婚だったということも知らなかったのですが、自分がたどっているのと同じ道をたどったことのある方に寄り添っていただけたことに慰めを受けました。また、ここでは誰からも「頑張れ」と言われなかったこともうれしく感じました。

二か月が過ぎると、「落ち着いた？」とか「元気になった？」と聞かれるようになり、

独立学園に咲く花

それがまた、とてもつらいことでした。二か月もすれば回復し始めて当然と思っている周りの雰囲気と、僕の気持ちがかけ離れていたからです。

7

大切な人を亡くした人に寄り添い、悲しみを癒やす助けをする「グリーフケア」という働きがあることは知っていました。

そんなグリーフケアをするグループの一つ、HUG Hawaii（現・COPE Hawaii）に初めて連絡を取った時、「まだ二か月しかたっていないのでは、つらいですね」と言われ、なんとも言えないあたたかさを感じました。

周囲からは「もう二か月たった」とか「そろそろ元気になった?」と言われ始め、自分の思いが周囲とはかけ離れていることに苦しめられていたので、「まだ二か月」と、言わなくてもわかってもらえることにとても安堵《あんど》したのです。

HUG Hawaii の集まりは、定期的にもたれるようになりましたが、当時は不定期で数か月に一度程度でした。その代わり、ホームページ上に何でも好きに書き込め、メンバーだけが見られるスペースがあり、こんなことがあった、あんなことがあった、それについてどんなふうに感じた、というようなことをそれぞれが自由に書いていました。

HUG Hawaii には「ここで聞いたことは口外しない」という約束がありますし、苦しいのは自分だけではないと知ることができる場だったので、ほかでは口にすることができないようなことでも安心してさらけ出すことができました。

このホームページの書き込みを毎日のよう

独立学園の秋

にのぞいて、自分でも書き込みをしました。他の方の書き込みを引用することはできませんが、僕自身は、例えば次のようなことを書いていました。

「この世の楽しみはすべてなくなり、今、抜け殻のようになっています。つぶやき日記を見せていただいて、同じように感じている人たちのことを思います。周りの人には何を言っても書いてもこの気持ちをわかってはもらえない。だから何も言いたくも書きたくもないと思い始めましたが、ここではそう思わなくていいですね」

「夫婦や家族にばかり目がいく……。同じです。特に年取った夫婦を見るとうらやましくてしかたありません」

「一人になると、何でもないのに涙があふれてくることがあります。でも、ここで皆さんのコメントを見ていると、ああ、つらく悲しいのは自分だけではないな、皆、それぞれ頑張っているのだな、と慰められます」

「相続だの名義変更だのあるのに、なかなかやる気にならない状態です。手続きをするたび、ああ、本当にいなくなってしまったのだな、という実感がそのつどわいてきます」

「悲しみが後になればそれによって鍛えられる者に平安な義の実を結ばせる、って聖書に書いてありますが、今はとてもそう思えない。でも、前を向いて信じていたいと思っています」

8

直子を天に送ってから時が止まったようになってしまっていた僕でしたが、二か月ほどたった時、自転車仲間に誘われて東日本大震災の被災地にボランティアに行きました。被災地に行くのはそれが初めてではありませんでした。最初は震災直後のゴールデンウィークに、やはり自転車仲間と一緒に泥かきをしに行き、それがきっかけで、その後も何度も訪れていました。

直子を亡くした後に初めて行ったのは相馬町です。被災宅の掃除をしましたが、この時は何も考えられず、ただ機械的に作業をしていたように思います。この時の細かい記憶は残っていません。仲間たちは、妻のことについて何も言いませんでしたが、気を遣ってくれていることが伝わってきて、うれしかったのを覚えています。

それからしばらくして、次は百人余りの児童のうち七十人以上が亡くなったというあの大川小学校近くの海岸で、遺体捜索の手伝いをしました。震災から一年半がたっていましたが、その頃でも月に五体くらいの遺体が見つかっていたそうです。

僕の場合は直子を、家族の温かな交わりの中で看取り、天に送り出すことができましたが、それでもこんなにつらいのに、安否すらはっきり確認できない家族のことを、状況から判断して諦めざるを得ない方たちの気持ちは、筆舌に尽くしがたいだろうと思いました。

そういう現場で「遺体が見つかる」と言っ

南三陸町旧防災対策庁舎

ても、それは小さな骨のかけらだったりします。それでも、その報告を心待ちにしている人たちがいます。僕には、その気持ちが痛いほどわかりました。

そして、見つかっても見つからなくても、誰かが探してくれているということ自体が慰めなのだそうです。それを聞くと、自分でも少しは役に立てるのだと思いながら砂を掘り、それが、自分自身の癒やしにもなったような気がします。

目の前で家族を流された人の話を伺ったり、自分が掘っている砂の中から骨が出てくるかもしれないという体験をしたり、「命」そのものについて、ダイレクトに考えさせられる時間でした。

このことを通して僕の中に、自分だけが悲しんでいると思ってはいけない、という気持ちも生まれてきました。とは言え、一歩を踏み出したいと思いつつ、なかなかそうはできない自分がいましたが、あせらずに、その時が来るのを待とうと思いました。

9

二〇一二年十二月の Facebook を見ると、僕はそこに「半年たちましたが、悲しみは変わりません」と書いています。

そんな中で、次女がいた独立学園のクリスマス礼拝・祝会に参加しました。独立学園の祝会では毎年、生徒たちが学年ごとに脚本から自分たちで作って、演劇を上演します。この年、次女の学年は「素晴らしき哉、人生」を題材にしていました。何年か前に、とてもいい映画だからと子どもたちにこの映画を見せたのですが、何の感想も返ってこなくてがっかりしたことがありました。でも、この時、劇の題材を選ぶにあたって、次女がこれをやりたいと提案したのだと聞き、ちゃんと見て、しっかり覚えていてくれたのだな、とうれしく思いました。

直子を天に送ってから一年の間に、僕はこの学園を六回も訪ねましたが、神様はそのたびに、そこで何かを語ってくださいました。ある時は、Annie Johnson Flint の「神様が約束されたのは」という詩に出会いました。

神は私たちの人生に　いつでも青い空や花の咲き乱れる道は　約束されなかった。
いつでも晴れている空や　悲しみや痛みのない日々も　約束されなかった。
苦しみや誘惑や悲哀を味わうことはない、とは言われなかった。
重荷や心配とは無縁だとも　言われなかった。
広くなめらかな道は　約束されなかった。
すべて順調でガイドを必要としない旅も山も岩も坂も深い川もない旅も　約束されなかった。
しかし神は　約束された。
一日を乗り切る力、骨折り仕事のあとの憩い、道を照らす光、試練の中の恵み、上から

独立学園クリスマス祝会劇で演じる次女・帆菜

の助け、尽きることのないあわれみと絶えることのない愛を。

クリスチャンはよく、「証し」という体験談を語りますが、多くの場合、病気が治った、命が助かったから、神様はすばらしい、と言います。そういう話を聞くと、じゃあ、そうならなかった人はどうなんだ、と思ったりします。

病気が治る、災いから守られるというのは、他の宗教でも言うことです。イエス様がすばらしいのは、悲嘆にくれた人と共にいてくださることだと思います。

長生きしたほうが幸せというのがこの世の常識ですが、たとえそうでなくても、僕たちはみな、神様が尊いと見て、ご自分のいのちを捨ててまで愛してくださった存在です。それほど愛してくださる神様が許されたことなら、悲嘆に暮れるような出来事でも、神様から見たら違う側面があるのかもしれません。

大きな悲しみを味わった人にしかできない仕事もあると思うのです。僕に託された「仕事」は何か、祈り求めていこうと思いました。

10

直子が召されてから約一年後、保護者会で訪れた独立学園の英語の授業を参観していると、賛美歌五二〇番の英語の歌詞が題材になっていました。日本語では「しずけき河のきしべを　すぎゆくときにも　うきなやみの荒海を　わたりゆくおりにも　こころ安し　神によりて安し」と訳されていますが、作詞者のホレーション・ゲーツ・スパフォードは、大変な試練を通った人物でした。

裕福な人でしたが、まず一人息子を亡くし、火災によって財産を失い、さらに、新天新地を求めて欧州に渡ろうとして自分より先に向かわせた家族が乗った船が沈没し、四人の娘を一度に失ったのです。その彼が、この悲痛な状況をキリストが担ってくださるという信仰が私を支配するようにという祈りを込めたのが、この賛美歌でした。僕もよく歌う賛美歌でしたが、この歌詞の裏にそのような深い悲しみと祈りがあるとは知りませんでした。

聖書にヨブという人の話があります。ヨブは非常に豊かな財産を持ち、たくさんの子どもたちや家族がいましたが、次々に災難が襲いかかり、妻だけを残してすべてを失いました。しかしこのヨブという人は、この試練のさなかで、「私は裸で母の胎から出て来た。また裸でかしこに帰ろう。主は与え、主は取られる。主の御名はほむべきかな」（ヨブ記一章二一節）と言って神をほめたたえました。僕は十九歳の時に祖母を亡くし、その葬儀の日の夜に父を亡くしました。「こんなことがあるなんて、神も仏もあるものかね」と言ってくれた人がいました。それが普通の思いでしょう。しかしその頃このヨブの話を知って、こんな目に遭ったときでも変わらずに信頼を向けることができる神こそ、本当の神ではないかと僕は思ったのでした。

それから二か月後の夏休み、僕は子どもたちを連れてハワイに行くことにしました。いちばんの理由はHUG Hawaiiの人たちに会いたかったことですが、ハワイは直子の親族たちと一緒に二度行ったことがある思い出の地でもありました。

旅行に行くときは必ずと言っていいほど自転車を持っていく僕は、この時も子どもたちと一緒に自転車で走る計画を立て、比較的交通量も少ないマウイ島を選んで一周することにしました。

直子がいた頃は、僕が家族で自転車で走りたいと言うと、直子は「自分の趣味を子どもたちに押しつけるのはよくない」と反対したものです。直子がいなくなったことで子どもたちとの自転車旅行が実現したのは、ちょっと皮肉なことでした。

初日は、標高千メートルまで上がって百キロ走るというハードなコースでした。夜になって雨が降り出すと、中学生だった息子は、もう走れないと言い出しましたが、ちょうど通りかかったピックアップトラックの方が僕たちを宿まで乗せてくださり、家に招いて夕食までごちそうしてくださったのです。いい思い出になりました。

ハワイのオアフ島、マカプウ岬

11

ハワイには、直子の母と妹家族も行きました。実は、直子の死の四か月後に、直子の父も血管の病気で亡くなってしまったので、娘と夫を立て続けに天に送った直子の母にも、HUG Hawaii の集まりに出てもらいたいと思ったのです。

僕と子どもたちは一足先にハワイに行き、マウイ島のほか、オアフ島でも空港からパールハーバー経由でワイキキに走り、そこから HUG Hawaii の方たちと一緒にハイキングをする約束のマカプウ岬まで走りました。

暑い中を走って行って、HUG Hawaii の方たちにいただいた冷たい水のおいしさが記憶に残っています。

子どもたち同士は一緒に水辺で遊んだり、モンク・シールという珍しい種類のアザラシを見に行ったり、楽しい時を過ごしました。

日曜日には、HUG Hawaii の方たちが所属するマキキ聖城教会の礼拝に参加しました。この教会は、ハワイに移住した日本人が、故郷の高知をしのんで、高知城そっくりの会堂を建てた教会です。長女は、ここの礼拝の雰囲気の明るさ、オルガンではなくギターの演奏で賛美歌を歌う自由な感じがとてもよかったと言っていました。

旅の終盤で、直子の母・妹家族と合流し、HUG Hawaii の人たちとハイキングに行く予定だったのですが、雨が降ってしまったのでカフェで話をするということになりました。特別なプログラムがあったわけではありませんが、同じ悲しみを体験し、僕がいちばん苦しかった時の支えになったこの会を作った方たちと、同じ時間を共有できただけで満足でした。

子どもたちも、特に目立った反応は示しませんでしたが、自分たちと同じように愛する人を亡くした方たちと交流したこと、ハードな道のりを自転車で頑張って走ったことが、心を少し強くしてくれたのではないかと思っています。

息子はこの一年後に、「母がどういう所で過ごしていたのかを知りたい」と言って、母や姉たちが卒業した独立学園に入学しました。

ハワイに行っている間、直子のことを考えない時間はほとんどなかったように思います。ワイキキやダイヤモンドヘッドなど、一緒に行ったことのある場所では特にそうでした。直子もここに一緒にいて、同じものを見て同じ体験をしてくれたらよかったのにと思わずにいられませんでした。

それでも、この旅を通して、僕も一つだけ階段を上れた気がしました。直子が逝ってからの一年はとにかく長く、泥沼にはまってもがいているような感じでしたが、そこから少し這《は》い出すことができたようでした。

ワイキキの夕陽

12

直子が召されてからの一年は、「もう生きていなくてもいい。面白いと思えることは何もない」と感じながら過ぎていきましたが、独立学園やHUG Hawaiiの人たちとの交流を通して、少しずつ、悲しみをプラスのエネルギーに変えていくことができるような気がしてきました。

それで、まずは好きだったことをもう一度やってみようと、カンボジアに自転車旅行に行ってみました。走ってみると、あまり楽しいという感じではありませんでしたが、それでも、自分にとって自転車旅行は「楽しい」にいちばん近いことだとは思いました。

次に、四年ぶりにパラグライダーに挑戦しました。「飛ぶ」という行為は人間には自然にできないことなので、少なくとも飛んでいる間は精神的にしっかりしていないと危険です。この時は、いろいろ考えることなく、単純に飛ぶことを楽しめました。

それでも、普段の生活ではまだ相変わらず、不安定でした。妻がいない生活というのは、僕にとっては耐え難いものでした。僕と同じように奥様に先立たれた知人で、再婚してとてもよかったという方から、「木下さんにも再婚を強く勧める」という手紙もいただき、HUG Hawaii のスタッフからも、それがいいと思うと後押しをしていただいて、自分でも、再婚したいという気持ちが生まれてきました。

　この頃、再婚相手を紹介してくださる方が現れましたが、その方は、「伴侶と死別した人の再婚をとやかく言う人がいるが、それは愛する人を亡くした経験がない人ばかりだ。もし自分が先に逝ったら、自分は天国で神

カンボジアのある村の朝景

様とよろしくやっているから、夫には悲しんで過ごすより再婚してほしいと思う」とおっしゃいました。本当にそのとおりだと思いました。僕の悲しみは僕にしかわかりません。再婚についても、僕と神様の間で決めればいいことです。

そういうわけで、直子を送ってから四年目に再婚し、そのことは僕を大いに癒やしてくれました。しかし同時に、以前とはまったく違う新しい家庭を築くということについても、常に意識させられ続けています。

『ナルニア国物語』で有名なC・S・ルイスは、奥さんを亡くした時に、その思いを片足を失うことにたとえ、「いつか義足を履き、それに慣れ、違和感なく歩けるようになるが、時々古傷が痛むのだ」と書きました。グリーフケアは、僕にとって「義足を履く」ことだったかもしれません。そして三年という時間がたって、C・S・ルイスの言った意味がよくわかるようになっていました。神様は時に、人が傷を受けることを許し、その傷は完全には癒えませんが、そのまま放っておかれることはなく、責任をもって共に歩いてくださるのだと思っています。

直子（中央）を囲んでの家族写真
2011年6月5日独立学園にて

木下滋雄（きのした・しげお）
1964年横浜生まれ。東京理科大学工学部建築学科卒業後、笹部益生設計事務所勤務を経て、2003年にペトラ建築設計一級建築士事務所を主宰し、現在に至る。高校時代から自転車旅行をしながら世界中を撮影するフォト・サイクリストとして活動を開始し、30歳で五大陸を走行。これまでに海外では65カ国、延べ6万5千キロを走行。1991年、直子さんと結婚。2010年5月に直子さんに末期の肺がんが見つかり、2年の闘病の後、12年6月28日に召天（享年51）。15年、再婚。

再び季節が巡るまで
妻を喪った僕の3年

2022年2月1日発行

著者　木下滋雄
本文&カバー写真（撮影場所：独立学園）　木下滋雄

発行　いのちのことば社
〒164-0001　東京都中野区中野2-1- 5
編集　Tel.03-5341-6924　Fax.03-5341-6932
営業　Tel.03-5341-6920　Fax.03-5341-6921

＊本書は、「クリスチャン新聞福音版」2019年4月号～2020年3月号に連載された同題の手記に一部加筆修正をしてまとめたものです。

落丁・乱丁はお取り替えいたします。
Printed in Japan

ISBN978-4-264-04328-7